山谷久子歌集

秋の虹立つ

東奥日報社

目次

秋の虹立つ …… 1
冬の祝祭 …… 8
賽の河原 …… 11
翼まだある …… 14
地球儀くらし …… 22
灯がともりたり …… 26
夏草の砂丘《をか》 …… 32
手を振る子等よ …… 35
うた立ち上がる …… 38
旅にみて …… 46
かがやきあるか …… 50
列島の秋 …… 55
鈴なりの柿 …… 61
ピエロの泪 …… 64
冬の茶房に …… 69
ひかる紫 …… 75
ふかく疲るる …… 80
高きたかき噴水 …… 83
スコップ光る …… 87
雪青く降れ …… 92
樹脂照りかへす …… 95
ヘルメットひとつ …… 99
赤き風車 …… 103
われに逝く季 …… 106
ガスコン …… 112
こころの帆 …… 115
あとがき …… 122

秋の虹立つ

曼珠沙華あかき野はふはふ風吹きぬわが鬱の日の前ぶれとして

強がりを見透かされゐて逃げ場なしそのまま萩の風に吹かるる

喜怒哀楽はげしき吾にかかはらぬ君ゐて咲かす朝顔・桔梗

武勇伝一つ二つは欲しなどと風にうそぶく天の邪鬼われ

捉へがたきものの棲む胸今しばし抱き眺めな秋の遠虹

秋のかげ曳きてつながるる犬の瞳の素直なるゆゑ俄にさびし

きららかな網に祈禱のかたちなし揺れゐるるとんぼ　死の楽園か

百薬の長と記されて萩垂るる山の清水にわれも並びぬ

宝くじあたればなどと夢食みて佇む沼のひろらなる水

逢ひたいな　唇冷ゆる秋の野辺曼珠沙華燃ゆ吾亦紅燃ゆ

毒きのこぬらりと燃えて葉を散らす巨木立つ森　魔の時間帯

共に歩みことばつぎつぎすれ違ふポプラ並木路　月のぼり来よ

ひんやりと喉にしみゆく木練《きね》り柿君のはなしをへし折りてゐて

言ひかけし言葉呑み込む夕まぐれ玩具の木馬一つ立ちをり

赤裸々に生くるほかなし陽のかげる寒き厨に灯りを点す

ていねいに受話器ぬぐへる人のゐて秋の画廊は雨あがりたる

人の名を忘れてかくも美しく記憶顕つ昼鶏頭燃ゆる

ほのぼのと胸あかるみぬ栃の木の葉枯れに鳩の二つ相寄る

すすき穂の銀のさざ波頑くなさ見栄も無用の夕暮れの野辺

過ぎしはみな物語とふ振りむけば野にあはあはと秋の虹立つ

冬の祝祭

えり巻の色がきれいねと声かけし吾に手を振り自閉児がゆく

雪だるまひとり離れてつくる子を見守る保母ゐて雪の舞ふ庭

雪晴れの空を一すぢ飛行機の行きて自閉の児の指差せり

水滴の胸にふくらむおもひあり自閉の児描きし足ながき馬

それぞれの色に展がる夢ありて児童画展は冬の祝祭

くらき世にほがらな子等の声ありて児童画展の心に沁むる

たつぷりと浄らなる水のみしごと児童画展を出でて息づく

児童画展めぐり巡りてしまらくを遠き記憶とあそぶ雪晴れ

賽の河原

わが胸の気寒き昼を雨ふりて賽の河原に咲く山法師

生きのびてなにを見てゐる老木は賽の河原に鋭《と》き翳をさす

夫婦人形あまた並びて灯明のほのぐらき賽の河原の冷気

ふりむきし吾にわらひたる人形のふとあるやうな賽の河原の

死者も鬼もいづこにひそむ雨降りて賽の河原に道見失ふ

数知れぬ人埋めしとふ穴ありてこの世のひとは蛇塚と呼ぶ

飢ゑし世のひとの饒舌聞こえくる秋の風立つ蛇塚のめぐり

供物狙ふ鴉の眼のがれきてながく鈴ふる音なき社

花風車に歩み止めたるはどこの子か賽の河原の細く照る道

夕映えの賽の河原に巫女の声くぐもりて死者の歩みくるらし

翼まだある

悪い人になりたくないとそれぞれに黙す会議あり　桜まばゆし

なに告げて鳥はとび立ついろ淡きしだれ桜のしばらくの揺れ

いつの間にふつきれし思ひ連翹の黄の炎ゆる道まつすぐ帰る

未来ひつさげゆく少年の背にこぼれ花のやうなる森の木洩れ日

うれしさの置き場のやうな棚の上今日も首ふる赤べこ玩具

「天の言葉韻々と降る」とふ一節あり仰げば眩し木蓮の花芽

本音のみ言つてあなたは損してる　春の茶房にのみど乾けり

ゆくりなく夜の部屋に桃の花ひらきまちがひだつたか吾の発言

権力につぶされてゆく者の声シュプレヒコール　街は雨降る

一つおもひに囚はれてゐるわが胸を開かばどんな鳥翔び立たむ

相容れぬ意見はそれでよしとしてあふぐ夕雲ほぐれゆくなり

ふんはりと天使の羽のやうな風トチの紅ばなひらく公園

廃棄場となりたる山に一本の栗の木青く葉を広げをり

きつちりといかなる夢を握れるやオニゼンマイ雑木林の中に

かたくなな心解かむと丁寧にキャベツをほぐす朝の厨に

おだやかな日の差す厨空壜のふれあふ音と山鳩のこゑ

予定なき日の胸かぜにそよがせて粋芙蓉咲く道を散歩す

芙蓉咲き幼な子われに手をふる夕今日のひと日はすべてよしとす

沈黙は心の安らぎつぎつぎとひとの噂のはずむ座にゐて

「振り向けばみんなよかつた」そんな詩語胸に響りくる夕花吹雪

水の辺に合歓の花咲く並木道われにひろげむ翼なほあり

地球儀くらし

イラクの非なにがありしや力籠め夕べ魚の頭《づ》を切り落とす

薔薇のにほひ鋭き夜なり民意なき年金法案の審議は三日

億年の銀河かがやく地球といふ星に止まざりしよ戦《いくさ》といふは

武器もたぬにつぽんを誇れと言ひしひと逝きて降るふる霧の八月

破壊兵器、核もいで来ず合歓咲く日イラクへ自衛隊また発ちゆけり

イラク派兵発ちし空港ひと溢れ平和ボケにつぽん夏のバカンス

光りつつ鳥飛びゆけりその果てに飢餓の国ありテロの国あり

戦争の大義もうすれ凌霄花のボタボタ落ちて八月暮るる

Xバンド配備の津軽夕ぐれてかすかに点る青葉のホタル

梓青葉いよよ深みて基地となる村に見えざりし空　落とし穴

戦争を昔話とするなかれ基地となる村にわれらは生くる

群衆のなかをひたひた歩みくるにつぽんは何処へ向かふか知らず

誇り来し日本憲法ありしこと思ひて廻せば地球儀くらし

灯がともりたり

二年後に逢ひに来るとふ君の便り五十年経て届く秋の日

とぶ鳥も散らふひと葉もひかりゐし佐井に別れしは五十年前

甦る記憶のひとつ佐井浜に並びて朱き雲見しことも

ひと房の青き葡萄を灯に透かし懐かしよかの佐井の港の

コスモスの花野に佇ちぬひとときの浮きたつこころあたへられつつ

梨のゼリー盛る銀の匙かざすとき空想の国ゆれてひろがる

君いまだ少年の貌コスモス咲く道に記憶をたどりゆくとき

遥かなる君恋ふるとき捉へがたきもの騒だてる秋のこころの

忘れ得ぬことばの幾つおもひつつ眠れざる夜の蒼き月影

秘めおきし君の面影おもふ夜を土耳古《トルコ》青なる桔梗のはな

秘めてきし愛恋ひとつ月の夜を舞はばいかなる化身となるや

ゆれ止まぬこころはしばし月の夜の窓辺に掛けて今宵眠らな

炎のごとき鶏頭画布に描き終へ立つひと淡く影法師抱く

コスモスの花の写生をひと日せる人の円背に秋傾けり

いちにんを恋ふる思ひは放ちやらむあふげば清々しくれなゐ芙蓉

追憶は追憶とせむすぐそばにゐる人ありて灯がともりたり

夏草の砂丘《をか》

「船の墓場」と人ら伝へて累々と廃船乾く夏草の砂丘《をか》

朽ち船の多きに怯むわれの足草の茂みの蛇苺踏む

蟻地獄のやうな穴みえ廃船の船倉に聞くかすか潮騒

朽ちし船に虫生きをりて如何ならむ科《とが》背負ひゐるや灯に集ひくる

狂ふ程の愛のうらみの吾になし朽ちたる船の闇にむき合ふ

大漁旗男の素顔顕ち来つつ砂丘は惜しみなく秋の陽に照る

これの世に残す何ありや朽ち船に緋色の夕日煌きはじむ

手を振る子等よ

朱きばら黄ばら咲く園幼な子のとばすシャボン玉地球の色に

すずやかな瞳の子をのせすべり出す夏夕ぐれの回転木馬

影法師もあかく染まりて岩木川土手に「さよなら」の手を振る子等よ

吹く風にむかって走る子等一群空ゆく雲の声ひびきつつ

虹立ちて湖《うみ》と空とをむすぶ橋はしりゆく子等も微光を放つ

窓ガラスのみどりに息をふきかけて子等いつせいに窓みがきをり

道すがら九九を唱ふる童らの笑顔よ　兵となることなかれ

目の高さ合はせて子等と語りゐる先生春立つ陽だまりの道

過ぎ去りし時や戻れる手をふりてほほゑむ子等と雪のふる道

雪の玉投げ合ふ子等の声空にひろがりて四日ぶり陽の射す校庭

うた立ち上がる

秋の陽に熟れしざくろの落つるみて帰る真昼のわが孤独感

胸の炎を抱き込むさまに柿買ひて少女帰りぬしぐるる町を

艶々と堅きどんぐり手のひらに満たし幸せのくるやうな昼

森の霊気まとひし君がブナ樹林いでてほがらにわが前をゆく

なんとなく手をつなぎたくなってくるぶなの樹林の秋のきりん草

陽に乾くヤチダモの樹にわが魂の拠りどころのやうな鳥の巣みゆる

われの手を逃れてばかりゐる運がわらってゐるやう実柘榴の朱

みづならの巨木の洞に陽は溜まりひととき夢の湧くおもひする

凡庸なすぎゆきぞよきひつそりと秋陽のなかのもみぢがさ咲く

灯を消せば一樹明るき夜の白樺明日こそ捻子を巻きて生きよと

防犯ブザー子等もつ世となり誰も居ぬ公園のブランコにわれの指紋よ

不幸はみな他人と比べるからと言ふ今日の収穫ラジオひとこと

突きぬけて弾むこころの失せゐると励ましくれし師のありて　うた

いくばくの残り世ならむふりあふぐ欅に声をふりこぼす鳥

並び立つ二本の樹木一本の折れしを支へ共に芽吹けり

コンクリート空洞につめられ芽吹きたる老木ありて野辺の華やぎ

太極拳かざす手のみな緑蔭の風とたはむれ七月の広場

われにこぼせる声を拾はむ天つ日のひかりに桐の花ひらく下

なつ真昼蝉のひとつのなき止まずわが命綱誰《た》が捌きゐる

背のびすれど届かざるもの胸に抱き夏の風ふく海に来てみる

残り世は思はず今を唯生きよポプラ一樹のまぶしき広野

ひとところ残照うけし土手原に芽吹く木のあり　うた立ち上がる

あたらしき炎上ぐべしやり直し利かざるわれの胸処の燠火

旅にみて

降り積みし雪にやどり木青みつつ旅来し村の海の藍色

死者の魂通ひしならむ細き道海ゆ照りつつ雪ふかき村

海かげり雪ふりしきる如月を魚藍観音に逢ふと旅来し

暮れむとする海のひかりを曳きながら浜ゆくひとりの背をみてをり

豊穣の海の記憶を溜めゐつつ眼けぶれる魚藍観音

海風のひびく岩間に身の冷えて触るれば温し魚藍観音

枯葦を雪ふきあげてつらら垂る魚藍観音も春待ちゐしか

没りつ日のひかりに雪の舞ひゐつつ魚藍観音にみる歌佛

魚藍観音に挿したる桃の一つ枝魚卵のやうな雪のたそがれ

目に垂るるつららポトリと落としつつ魚藍観音この夕ぐれを

見上ぐる程の栴檀巨木も旅に見て帰り来し津軽雪あかねすも

かがやきあるか

明日のことは明日思へとや雪解水《ゆきげみず》きらめきながら野を流れゆく

しろじろと辛夷の花の咲きそろふ何の精ならむランドセルの子

風の先風のさきへと野火燃えてこころ取り残されてるばかり

孤独とは無垢なるものか秋の日の厨にひとつ真白きたまご

発言の機を待ちゐしに終りたる会議連翹の黄の揺れやまず

まつ白なシーツを干して仰ぐ空世知辛き世の反映もなく

つぎつぎの仕事やうやく落ち着きてこの身のほとり明るき日なり

芽吹く野の清きかがやき笑みあひて会釈かはして今日八千歩

居直りて生きよとわれを叱咤する樫の大木を佇ち仰ぐなり

つぎに向かふ駅はいづくぞ満開のさくらも散りてまた生きてゆく

根つめてものは思はず寒林のかなたを染めて陽のうつくしさ

流れゆく時の間きらり我がひと世かがやきあるか白雲の峰

列島の秋

銀色の火花散らして百十階のビル崩れたりかのニューヨーク

声なき声叫びつづくる瓦礫の山不気味にひかる国を怖るる

かべ崩れ陽ざしよどめる廃墟の街黒煙なほも渦巻き登る

「よい人生送ってほしい」が最後とふハイジャックの機より地上の妻に

世界みな殺気立ちつつ木槿咲く夕べテロにて死にし幾千

天国にゆけると自爆のテロリスト讃ふる国あり砂塵けぶらす

テロといふ敵に報復着々とすすめてゐると気負ふアメリカ

今日を明日を一掬ひの夢もなきならむ二百万とぞ避難民つづく

ひとが人殺し合ふ戦況撮しつつテレビ部屋に魔のごとき日々

ひなん民髪そそけだち身に重きものは捨てたしと子を抱きて言ふ

細りたる手もて救援の袋ひしと抱ける子等のわづかほほゑむ

こんなにも美しき空　土地が死にひと死にて滅ぶ国ひとつある

刻刻と追ひつめられてゆくビンラーディン反米の恨みに一生《ひとよ》終ふるか

幾千の無垢なる民のいのちうばひ「神は偉大」となほも叫びて

鼻欠けて見ゆるブルカをまとひつつ女等抱く子のみな細し

捕虜虐待大義なき戦争忘るまじ昏れゆく視野に炎ゆるもみぢ葉

はるかなる砲火うつしてさるすべり咲く夜しんしん灯る外燈

鈴なりの柿

全山が栗の花さく宿に来て君は絵を描き我はうた詠む

もの忘れ多くなりしと君言ひて描くデッサン一線乱れず

我の愚痴に耳貸さぬ君の育てたる小さき菜園の初茄子十個

弘前の「あそべーる」でのカラオケショー君の気取りてうたふ「王将」

君蒔きし種みなすつくり芽を出して青さざなみのひかりをまとふ

ほのぼのと墨の香立ちて新年の部屋に君かく兜太の俳句

みな小さき風を抱きてゐるやうな秋の君の絵はなやぐ廊下

ことごとく是非くひ違ふ寒き日を茶房に温きミルク飲み合ふ

かたくなな心に夕べ灯がともる君描きたる鈴なりの柿

ピエロの泪

メール打ちそれぞれ無口の若きらよ　広場の空はあんなに青い

それぞれが誰かにメールをとばしゐむ会話なき若きら早春の公園

大あくびしつつ若き等陽を浴びてメールよ　いつまで続く平和か

退屈を引きずつて歩いてゐるやうな子等のつづけり朝の登校時

物あふるる街に孤独の行き交ふかメール読みゆく若者増えて

「あそぼうよ」幼の声のせし昭和　下校時無口の子等と逢ふ街

眉細く描ける少女ら一様に足ひろげ椅子にメール見る駅

それぞれの意志を誇示して朝顔の彩りてをり無人駅舎に

談笑を忘れしか若きカップルのむき合ひてメールのみみてゐる茶房

しかしまたしかしかしと続く講演に二羽の鴉がとび立ちゆけり

国民の生活うるほふとふ講演きき来て見放くる灰色の海

みえすける嘘も一気にのみ干さむ会場いでてのむミルクティー

夜の卓におかれし葡萄掌にとりてふいに顕ちくるピエロの泪

冬の茶房に

十余年ぶりの豪雪夜の更けて桃二つひらく神の瞳《め》のごと

生きぬきて何をなし得るしんしんと雪に雪ふるわが誕生日

あけくれの雑事の澱の如きものたまる胸底　二月はながし

〈人生は逆転あるさ〉茫々と雪ふぶく夜逢ひし一行

みえすいた嘘でもいいさ褒められれば友のことばのしみる雪の日

針となり欅の枝は天を刺しふぶき五日目会話みな単語

胸に亀裂走りてをらむ次つぎの仕事に追はれ終りし一日

茫漠と昏れゆく凍夜「生きゆくはよろこびなれよ」　色紙掲げて

天の声聴きつくしたる老木か雪降る山にひつそりと立つ

捨てし夢君にもあらむ雪あかる一隅に福豆拾ひゐるなり

よきことの一つ載らざる新聞をたためば如月影のみが濃し

この国のいづこに夢の散らばふや弓なりの海に雪降りつづく

無念の炎噴くごと雪の空にとび（九条守ろう）と叫びゐるひとり

空の涯明るむは春の兆ならむ真冬日十日目風にしたがふ

雪すでに積みたる果ての街の灯に夢売る店などあるやも知れず

追はれたる鬼も笑ひゐむ大ふぶきの予報はずれて野は晴れわたる

ただ一途にひとを恋ひたる日も遥か「ラ・クンパルシーター」冬の茶房に

ひかる紫

遠景にひときは高き大欅根かぎりのぶるもののけなげさ
今いちど炎のこころ生まれ来よ花絵燃えたつブラウスを買ふ

防空壕の穴とふ穴に凌霄花燃ゆる村ありひとみな老いて

うたに褪せこころも褪せて歩みゆく　あふぎてものみな遠き夕ぐれ

野次馬になりて風よけ歩み来て夕べなにかを逃すわれの手

「言はぬが花」言はざることの多くあり深呼吸十回大樹をあふぐ

物捨つるにお金を払ふ世に生きて若葉風吹く道に咳き込む

車椅子粗大ゴミとし山背吹く道に捨てられネム咲く葉月

八月にストーブを焚く異常気象政治混迷　目処はいづこぞ

「憲法九条守ろう」とふ札もたふれつつ廃屋ふえて大雨つづく

結論をなかなか言はぬ人とゐて青葉木下に双耳冷えゆく

「まあいいか」は魔法のことば嫌なことままならぬことはどこかに飛んで

これの世に跡を残さず消ゆるもよし海にひとときの夏の虹たつ

溜息はいづこより聞こゆ影さへもあかるき花の花舗めぐるとき

嘆きポトリとおとししあたり振りむけばひめやぶらんのひかる紫

ふかく疲るる

「鰰の大群で海は白くなる」詩人となりしよ無口の漁師

しつぽまで輝く鰰風たちてしほ霧の浜にただ呼吸する

海の中いかなる異変おこりしや鰰大漁　くらき沖波

いくらでも浜に鰰拾へると主婦らの話題町駈けめぐる

「鰤に浜が沸騰しているよ」詩語ひとつ生る渇く夕べを

誰も誰もただ浮かれゐし尻尾まで輝く鰤浜にあふれて

こんなにも鰤田楽食へるなんて　飢餓のかの地の子等の瞳おもふ

「海は葬式はじまるだろう」とふ詩ありて身放くる沖べ　淡き夕やけ

捨てられし鯒唐突にはねあがり雪舞ふ浜にふかく疲るる

高きたかき噴水

手のひらの窪みに入るひかりとふ一行のあり今日の日たのし

二百七十年かすみ桜を仰ぎつつ胸深く吸へばかがやくか我れ

わきてくる口惜しさいつか霧散して新緑のなかわが一万歩

土に還る安堵に閉ぢし眼ならむ鳥の骸《むくろ》を野に埋めてやる

目を瞠り人形なにをみてゐむやひそやかに庖丁しまふ夕ぐれ

われに顔あげよと空にゆらゆらと辛夷の大樹千の花照る

後悔はさておき前へすすめよと誰が声ならむ夕陽《せきやう》のなか

「ここだけの話」いつしか広がりてネムの咲く道本ぶりとなる

みどり葉のしたたるところ見つめ来て（よし）と思へり孤立無援も

昼くらき杉生の奥処の墓一基無名の若き戦死者眠る

一刀両断できぬおもひの太りゆく文月　高きたかき噴水

スコップ光る

散りゆくはみな潔し冬樹々は身じろぎもせず空あかるめり

屋根よりもたかく積まれし雪の山見上ぐるばかりにて今日終りたり

どうしようもなしに月日は馳せゆきて積もる仕事にゆきふりつもる

ふぶく日の津軽りんごの艶なるや卓上にふたつしみじみ美し

猛吹雪　野に立ち梢をさしかはし根をはりてゆくいのちを思ふ

読みさしの詩集のページに陽のさして胸温かし間違ひ電話も

殺戮のニュースに慣れゆく日々なれど椿一花のほのかに紅し

忘るる日やがては来るか齢《よはひ》とふ魔もの抱きて旅にみる雪山《やま》

雪野原夕焼けてをりとび立たむ夢の翼を捨てしは何処

芽吹かむと野の大柳もえたちて春の花火としばしあふぎぬ

なほ積もる雪ありて四月かなしみに似たるこころをまた立て直す

幹裂けしままを茂りて花咲かすりんご樹「しぶとく生きよ」と言ふか

今を生くるいのちの証積雪の深さに入るるスコップ光る

雪青く降れ

冬ふかき牛舎に生れしクローン牛頼りなき瞳のいづこを見ゐる

第二世代クローン牛生れしと雪の日のニュース　地球になんの予兆か

みひらける瞳いとけなしクローン牛生れし如月　悪寒のつづく

春を待つガラスの少女のやうに見えクローン牛雪ふる夕べうまるる

百年後はクローン人間もゐるならむ目覚むれば死後のやうな朝明け

ゆゑもなく不安兆せる夜をさきて棘ひとつなき薔薇のくれなゐ

雪ふぶく裸木のてつぺん大鴉なきてうたなどどうでもよけれ

迷ふよりほかなきおもひ野ざらしに吾帰りなば雪青く降れ

樹脂照りかへす

チューリップのふくらみワイングラスのやう朝光りのなかすらり子の言ふ

もの言へば答へさうなり花ひかるアカシア一樹の空をゆく雲

めざめよき朝に紫紺の茄子洗ふたわいなきこと今日の充足

人影かと思へば雲の陰すぎて新芽のみどり輝く野原

昼よりの雨ひそやかに降りゐつつ明るむ胸に詩語よみがへる

疲れつつ生き来し道も振りむけば咲き澄みて白き紅き花ある

壊れたる夢のかけらを拾ふごと白木蓮の花びら集む

ひとときのいのちを抱きとびまはる虫に心寄る葉ざくらの道

ポケットに入りきれないい苦《く》があると笑ひてバスを降りゆきし友

颱風に裂かれし大樹夕光《かげ》に琥珀いろなる樹脂照りかへす

ヘルメットひとつ

壊滅の町と知りしか空に向く漁船のはらに唯なく鴉

停電の夜の余震におびえつつ煌めく一つの星頼りとす

「原発がすべて奪った」と言ふをとこテレビに見し目に仰ぐ満月

膝つきて瓦礫に形見さがすとふひとの映像みつつ暮れたり

零歳も一歳も死者の名にありて被災地の空におよぐ鯉のぼり

喪の花となりて舞ふだろう海に空に瓦礫の町に桜咲くとふ

数知れぬ人等も家も呑みこみし海に魂寄るかひとひらの雲

かく強くやさしきものよ人といふは　瓦礫の町に炊き出しの湯気

よせ返す波の秀ならぶ白き炎に紛れざりしよ一羽のかもめ

はかり知れぬ哀しみ抱き生きてゆく人らおもへとや山鳩のこゑ

汚染地がつぎつぎ増えて大津波のあとに残れる靴、カバン、帽子

閉鎖されし被災遊園地ブランコの揺れて小さきヘルメットひとつ

赤き風車

方位感うばはれて歩む猛暑の街かげ絵のやうに黒揚羽とぶ

心にもなき世辞言ひて帰る我を空より誰かがみてゐる夕べ

道化役おのづと演じし昼のわれ日暮れて山背の風に吹かれ来

木は木なる孤独もあらむ梢たかく風に揺れつつ野に立つポプラ

むし暑くもれる空に合歓ひらき誰からも離れてゐたき七月

つくろうて生きつぎゐると思ふ日を空にまつすぐのぶる朝顔

昼よりの雨ひそやかに降りくれば明るむ胸に詩ひとつ生る

美しき夢を見むとや廃屋の庭に黄ばらのいつまでも咲く

そこばかり風吹けるかと赤き風車まはれる村の石仏三つ

われに逝く季

秋空に風船いくつとびゆきて還ることなき記憶の一部

歯二本抜かれて帰る秋の部屋磁器あやふく棚にひかれり

言ひたきことこらへてくれば街角に夢買へと青年風船くるる

危ふきはわれの生きざま秋の日の歩行者天国を影踏まれゆく

詩語は野にあふれゐるらし急ぐなど声聞こえきて秋あたたかし

言ひ負けてなにか愉しき女郎花すすき桔梗壺に投げ入れ

澱のごと溜れることば秋空の下にスポンとねぎ坊主抜く

秋の陽に熟るるぶだうのひと房を胸の空地に置けば耀ふ

かたくなにひとつ主張をせし愚か秋陽にしばし憩ひてゆかな

胸のどこかからみつきゐる悔ありて立てば茫々萩のうす紅

燃ゆるもの燃やし尽していさぎよく己裂きしか老いの柘榴は

無援なる日を寄りゆけば秋の陽に木馬ひとつがわが影に従《っ》く

意地ひとつ握りしめきてあたたかき秋の陽のなか石に躓づく

くれなゐの悔にじませて秋天に輝《て》りだす柘榴　誰も触るるな

素枯れゆく野に執念を研ぐかとも烏瓜いよよ黄のいろ深む

今はただ無心に黄蝶舞ふ野辺を他界へ誘《おび》くひがん花明かり

コスモスの花の明るさ寄りゆきて笑まふみどり児　われに逝く季

ガスコン

五所川原「ガスコン」とふ酒場五十三年今宵も路地に明き灯ともす

雨の日も雪の夜も休むことのなし「ガスコン」五十三年　胸処うるほふ

天界の父ははも喜びゐるならむ東奥日報（人ごよみ）温かしよ笑み

「この道より我を生かす道なし」とガスコン五十三年　わが弟よ

路地ゆけば今宵もガスコン五十三年酒場の灯り花咲くごとく

漆黒にのびしカウンター五百余本のボトルさざめき　明日への希望

突っ走りしひと日のこころ潤ひて（黒い瞳）の流るる酒場

末弟の祝辞またよしはらからの集ひて嬉しよ　ガスコン五十三年

こころの帆

頬杖を外して若き等の言葉きき会議は秋の明るさとなる

正論を聞かされて寒き会議室の窓より見えてうつくしき山

雪ふりの建築現場にきびきびと働く若者　赤きはちまき

直言の眼まつすぐ上げてゐる若きひとりに会議緊りぬ

雪の日の会議に発言の若きあり力ある言葉まつすぐ白し

乱れたる世と思ひしもこころ直に育ちゐる若き等ありて嬉しよ

花もなきわが身にも庭にも雪ふりて気づけばろうばいの小さき花芽

雪ふりの街ゆくわれに花やさんのガラス一喝　背すぢを伸ばせ

黒ずみて風化はじめし野の地蔵触るれば母の温もりのする

枝折れに負けずに芽吹け大雪を渾身にうけて立つ庭の木々

いざこざの絶えぬ地球を見下ろせる今宵の満月　こころ乗せたし

なにが嘘なにが本当疲れたる列島　少し夢をください

木立みな夕焼けてをり戦ひの止まぬ地上の祈りのやうな

諦めることは最後にとつておかう顔を上げよと風の吹く街

こころの帆また立て直し歩みゆかむ新年の野を鳥啼きわたる

あとがき

こんな詩の一文に会った。

「目をあけよ」「耳をそばだてよ」君の周りには、美しく活き活きと命の炎を燃え上がらせているものがある。「目をパッチリ」と「耳をピンとして」周りを見てごらん。いろいろなことが織り交っているこの愉しい世界を!!

高校一年の時から、東奥歌壇の高校生の欄に投稿し、以来何十年という長い間、うたを詠み続けてきたが、いつの間にか、私の周りのすばらしいもの魂に喰い入るそんなものが聞こえず、目はドンヨリ、耳はダラリと垂れているようになっていたと思う。

この度、東奥文芸叢書に参加させて頂く機会に恵まれまして、本当に有難く自分のうたを改めて、客観的にみるよい機会になった。

今回の歌集は「疎林」（355首三人集はるかなる道）「白き炎」（535首）「華宴」（401首）「桜花はふぶく」（473首）につづき私の第五集になる。平成八年より二十五年迄の作品で、大部分「潮音」「真朱」などに発表したうたである。制作年次にとらわれず自分の好きなように小題をつけ並べてみたが同じようなうたばかりのような気がする。もう一度うたへの心をたてなおし、うたへの心を燃やしていきたい。

山谷久子

平成二十六年十月

著者略歴

山谷久子（やまや　ひさこ）

つがる市生まれ。五所川原高校卒、弘前大学教育学部卒。昭和二十八年「点短歌会」入会（昭和五十年津軽アスナロと改名）、平成十四年より代表。昭和三十六年「アスナロ」昭和三十七年「潮音」詩誌「野火」平成六年「真朱」平成十五年「くれなゐの会」。受賞は県歌壇新人奨励賞、準短歌賞、短歌賞、「白き炎」優秀歌集として県歌人懇話会より推薦、県文芸コンクールで児童文学準大賞、県歌人功労賞、五所川原文化功労賞、五所川原文化褒賞、団体の部で「津軽アスナロ」県芸術文化振興功労章、五所川原文化功労賞。歌集「疎林」「白き炎」「華宴」「桜花はふぶく」詩集「青いカマキリ」合同歌集十三冊。

住所　〒〇三七―〇〇二四
五所川原市みどり町二―七七

東奥文芸叢書　短歌13
山谷久子歌集　秋の虹立つ
発行　二〇一五（平成二十七）年一月十日
著者　山谷久子
発行者　塩越隆雄
発行所　株式会社　東奥日報社
〒030-0180　青森市第二問屋町3丁目1番89号
電話　017-739-1539（出版部）
印刷所　東奥印刷株式会社

ISBN−978−4−88561−177−3　C0092　￥1200E

東奥日報創刊125周年記念企画

東奥文芸叢書　短歌

梅内美華子　福井　緑
工藤　邦男　福士　修二
山下　正義　工藤せい子
平井　軍治　中村　キネ
中村　道郎　佐々木久枝
道合千勢子　兼平　勉
山谷　久子　内野芙美江
斉藤　梢　秋谷まゆみ
大庭れいじ　間山　淑子
菊池みのり　吉田　晶二

（第一次配本20名、既刊は太字）

東奥文芸叢書刊行にあたって

青森県の短詩型文芸界は寺山修司、増田手古奈、成田千空をはじめ日本文学界をリードする数多くの優れた文人を輩出してきた。その流れを汲んで現代においても俳句の加藤憲曠、短歌の梅内美華子、福井緑、川柳の高田寄生木など全国レベルの作家が活躍し、その後を追うように、新進気鋭の作家が次々と現れている。

1888年（明治21年）に創刊した東奥日報社が125年の歴史の中で醸成してきた文化の土壌は、「サンデー東奥」（1929年刊）、「月刊東奥」（1939年刊）への投稿、寄稿、連載、続いて戦後まもなく開始した短歌・俳句・川柳の大会開催や「東奥歌壇」、「東奥俳壇」、「東奥柳壇」などを通じて、本州最北端という独特の風土を色濃くまとった個性豊かな文化を花開かせてきた。

二十一世紀に入り、社会情勢は大きく変貌した。景気低迷が長期化し、核家族化、高齢化がすすみ、さらには未曾有の災害を体験し、その復興も遅々として進まない状況にある。このように厳しい時代にあってこそ、人々が笑顔と元気を取り戻し、地域が再び蘇るためには「文化」の力が大きく寄与することは間違いない。

東奥日報社は、このたび創刊125周年事業として、青森県短詩型文芸の優れた作品を県内外に紹介し、文化遺産として後世に伝えるために、「東奥文芸叢書（短歌、俳句、川柳各30冊・全90冊）」を刊行することにした。「文化」の力は地域を豊かにし、世界へ通ずる。本県文芸のいっそうの興隆を願ってやまない。

平成二十六年一月

東奥日報社代表取締役社長　塩越　隆雄